ABBÉ EYRAUD

LES

PRODIGES DE LOURDES

LIMOGES

IMPRIMERIE COMMERCIALE PERRETTE

ABBÉ EYRAUD

LES

PRODIGES DE LOURDES

LIMOGES

IMPRIMERIE COMMERCIALE PERRETTE

Les Prodiges de Lourdes

CONFÉRENCE

DE

M. L'ABBÉ EYRAUD

Messieurs,

Dans *La Croix* du 6 juin 1911, M. l'abbé Bertrin écrivait qu'un personnage ecclésiastique très éminent, étranger à la France, mais dont le nom est connu du monde entier, reprochait aux catholiques français de ne pas tirer assez profit des événements dont Lourdes est le théâtre. Pour lui, le monde n'a pas vu deux fois, dans le cours de sa durée, une pareille suite de faits prodigieux. Le surnaturel, dit-il, se manifeste avec évidence près de la Grotte. D'où vient qu'on ne se sert pas davantage, surtout en France, de l'arme incomparable que Dieu a mise dans nos mains pour défendre et sauver la foi ?

Ce n'est certes pas moi qui contredirai ces sages pensées : je ne voudrais pas non plus mériter pareil reproche.

Aussi ai-je formé le dessein de vous présenter, dans les prodiges de Lourdes, une vivante apologie, une preuve matérielle et palpable de notre foi.

I. — RÉALITÉ DES PRODIGES

Les faits de Lourdes sont là. Surnaturels ou naturels, ils sont ce que sont toujours des faits. On peut les discuter, on ne peut pas les nier. Les expliqueriez-vous par une *supercherie ?* Vous devriez y voir une comédie qui se serait répétée chaque année depuis bientôt un demi-siècle, sous les yeux des multitudes, sans que personne en ait jamais saisi ou trahi le secret, et à laquelle s'associerait, depuis qu'elle dure, toute une partie du corps médical lui-même. Il s'agirait ici d'une imposture si phénoménale qu'il n'est vraiment guère permis de la supposer.

Ne verriez-vous pas aussi se dresser contre vous le témoignage des malades qui s'en retournent guéris, le témoignage des foules qui racontent simplement ce qu'elles ont vu de leurs yeux, entendu de leurs oreilles et touché de leurs mains ?

Rien qu'à Lourdes, les instruments orthopédiques de toute nature, béquilles, cannes, bandages, n'annoncent-ils pas que des infirmes, des malades, venus à la Grotte au prix de bien des peines, en sont repartis avec une joyeuse santé ? — Les milliers d'ex-voto, qui tapissent les murs de la chapelle, ne prouvent-ils pas que des personnes de toute condition y ont reçu de Notre-Dame des faveurs dont elles garderont toujours le plus reconnaissant souvenir ? — Enfin les *Annales*, si scrupuleusement tenues, n'affirment-elles pas que des guérisons extraordinaires s'accomplissent, tous les jours, à l'ombre de cette Grotte, visitée par Marie ?

Mais peut-être vous plaît-il de ne voir en tout cela que l'expression de la *crédulité* populaire. Vous appelez d'autres témoignages ; vous les demandez au monde scientifique, au monde médical surtout. Qu'à cela ne tienne : vous allez être servis à souhait.

Si vous entrez dans le bureau des constatations, vous y verrez un grand tableau qui, sous ce titre : «*Hommage du corps médical à Notre-Dame de Lourdes*, » contient une déclaration attestant les précieux services rendus aux malades par le pèlerinage. Elle est signée de quinze membres de l'Académie de médecine, de quarante professeurs de Facultés, de cent trente médecins et chirurgiens, de quatre-vingts anciens internes des hôpitaux de Paris, et d'un grand nombre d'autres praticiens habiles. — A une époque où la Science joue un si grand rôle, la valeur de ce document s'impose à tout homme qui réfléchit. D'autant plus qu'il ne s'agit point ici de phénomènes mystérieux, difficiles à saisir ou à vérifier, comme seraient des chroniques de couvent, mais de faits connus, publics, qui se produisent à ciel ouvert, en plein soleil, devant des foules immenses, et que tout le monde peut contrôler à loisir.

Vous savez que les médecins arrivent à Lourdes de tous les horizons de la pensée, qu'ils s'y pressent nombreux, qu'ils ont pleine liberté de voir, d'interroger les malades, soit avant, soit après leur guérison. L'examen fini, quel langage tiennent-ils ?

Entendons M. Bernheim, l'illustre chef de l'école de Nancy :

« Les observations de Lourdes ont été recueillies par des hommes honorables, instruits. *Les faits existent.* »

M. Bérillon, qui dirige, à Paris, la *Revue de l'Hypnotisme*, dit à son tour :

« N'attendez pas de mon matérialisme la négation inepte et qui serait mensongère de l'effet surhumain de ces appels fervents... Nous devons reconnaître que les malades de Lourdes sont souvent arrivés aux dernières périodes du mal, et alors *un miracle seul peut les sauver. Lourdes en fait de ces miracles.* L'effet obtenu est considérable. Comment faut-il interpréter ces résultats ?... *Il faut repousser tous les sarcasmes faciles.* » (Cité par *La Réplique*, novembre 1907).

Au mois d'août 1904, M. l'abbé Bertrin demandait au docteur Bérillon : « Reconnaissez-vous qu'il se passe ici des faits très extraordinaires, très authentiques ? — Oh ! certainement, je le reconnais. — Y a-t-il une bonne foi absolue chez ceux qui constatent ces faits ? — Assurément, réplique M. Bérillon... En ce qui concerne les procès-verbaux, relatant la maladie et la guérison, la bonne foi est incontestable, et l'exactitude des faits complète. — Docteur, permettez-moi de retenir et de constater, devant tous nos confrères, la déclaration que vous venez de faire. Il n'y a ici aucune supercherie, aucune inexactitude volontaire... Vous le reconnaissez, c'est bien entendu. » Deux ou trois prêtres, quelques journalistes, cinq ou six hommes politiques, et enfin une vingtaine de médecins assistaient à l'entretien ; or, pas un n'éleva la voix pour protester contre l'authenticité des faits, ainsi reconnue publiquement.

Il y a une vingtaine d'années, lorsque Zola fit en mécréant son voyage de Lourdes, la question se posa de l'efficacité du pèlerinage. Les Anglais interrogèrent le grand faiseur de miracles laïques, Charcot qui, en face de Lourdes, dressait orgueilleusement la Salpétrière. Lourdes guérit-il ? lui demandait-on. Charcot ne se déroba point. « Oui, dit-il, la piscine guérit ; oui, le sanctuaire guérit ; oui, la foi guérit. » Et sa réponse fit un bruit considérable. (*Eclair de Paris*, 2 octobre 1906).

Prenez les *Annales des sciences psychiques*, revue que dirige le professeur Charles Richet, un incrédule déterminé. Dans le numéro du 16 décembre 1908, M. Marcel Mangin, qui se pose en incroyant, n'a pas craint d'écrire, au sujet des récits, publiés par M. l'abbé Bertrin dans son *Histoire critique de Lourdes* :

« Je trouve aussi absurde de douter de ces faits que de l'existence de Napoléon. Je n'ai pas vu ces miraculés, mais je n'ai pas vu non plus Napoléon. Nous avons tous dans l'esprit des certitudes complètes qui ne nous viennent que par le témoignage. »

Durant sa présence à Lourdes, en 1892, Zola constata lui-même la réalité des guérisons. Il dit à un rédacteur du *Temps* : « J'ai vu des gens qui ne pouvaient remuer, se lever tout à coup et marcher. »

Enfin voici une lettre qu'un médecin incrédule envoyait de Lourdes à un de ses amis, en 1907, et que l'*Express de l'Ouest* a publiée. Après l'avoir entendue, qui donc oserait dire encore qu'il est tout au moins permis de douter ?

« Le Bureau des constatations me cramponnait. Ah ! ce que j'ai vu pendant cette semaine !

« Je voulais des signatures de médecins connus : j'ai lu les plus illustres noms, et des moins suspects de cléricalisme, au bas de certificats. Mieux que cela : j'ai soigné moi-même des malades authentiques à l'hôpital des Sept-Douleurs. Et, pansant certaines plaies, je me disais : Voilà bien de l'incurable !... Il y en a que, le lendemain, j'ai vu guéries.

« J'ai ausculté deux poitrinaires au dernier degré, tous deux condamnés à une mort rapide. L'un d'eux, m'a-t-on dit, avait offert sa vie pour la guérison de l'autre. Le premier a trépassé le lendemain, à l'heure où le second sortait de la piscine avec des poumons neufs. Quand je posai mon oreille sur sa poitrine, je ne pus percevoir le moindre râle.

« J'ai examiné un homme frappé de cécité depuis cinq ans. Il s'était présenté à l'hôpital Rothschild, où on ne l'avait pas admis,

parce que son cas était incurable. Il était
alors entré aux Quinze-Vingts. Les médecins
avaient constaté une rétinite pigmentaire,
affection devant laquelle la science médicale se déclare impuissante. Aujourd'hui, cet
homme voit parfaitement. Il a recouvré non
le quart de sa vue, comme il le demandait,
mais les quatre quarts.

« Il faut être médecin et connaître les
lenteurs désespérantes de la nature pour
n'être pas chaviré par ces soudaines trans-
formations. Quant à ceux qui attribuent
aux nerfs la fabrication de beaux poumons
tout frais ou la réduction d'une fracture, je
les considère comme dignes d'être enfermés
à Charenton » (Cité par le *Nouvelliste de
Bordeaux*, 22 septembre 1907).

Comment ne pas se rendre à discrétion devant de pareils témoignages ?
Que peut réclamer encore une légiti-
me curiosité ? Trouverez-vous, dans
l'histoire, des faits dont la réalité soit
mieux établie ?

Mais d'où sortent ces prodiges ?
D'où jaillissent tous ces merveilleux
phénomènes ? C'est le problème qui
s'agite aussitôt devant nous. Le Rationalisme et le Catholicisme donnent
chacun leur solution. Ecoutons-les. Il
nous sera facile ensuite de voir où ré-
side la vérité.

II. — EXPLICATION RATIONALISTE

Le Rationalisme part de ce principe
que le miracle est une fable, une chi-
mère, une absurdité. Et pourquoi, s'il

vous plaît ? Mais tout simplement parce qu'il irait à l'encontre des lois immuables de la nature : comme si Dieu, auteur de ces lois, ne pouvait pas, dans un cas particulier et pour une fin supérieure, en suspendre le cours, sans bouleverser pour cela l'ordre de l'univers, ni sans troubler fâcheusement nos prévisions scientifiques.

Ou bien le Rationalisme pose quelquefois ses conditions. Il déclare, par exemple, que, s'il prend encore fantaisie à Dieu de guérir des malades et de ressusciter des morts, il devra opérer devant une commission de savants, et sur des moribonds ou des cadavres, choisis par eux ; sans quoi nos Académies ne daigneront seulement pas le discuter. Mettre Dieu ou son envoyé sur la sellette, devant un jury d'examinateurs ! Se peut-il concevoir plus folle prétention ? Sans doute la science a le droit et même le devoir de contrôler les phénomènes surnaturels : mais elle doit les étudier, comme tous les autres, tels qu'ils se produisent, là où ils se produisent ; et elle n'a pas le droit de les rejeter, parce qu'ils se tiennent en dehors du cadre qu'elle a tracé ou parce qu'ils dérangent ses idées préconçues.

Mais soit ! Accordons au Rationalisme que Dieu n'entre pour rien dans les prodiges de Lourdes. Dès lors, comment s'y prendra-t-il pour les expliquer ? Je le vois suer sang et eau et s'épuiser en labeurs, en discours, qui ne manquent jamais d'aboutir par de ridicules incohérences à une défaite lamentable.

1. **L'eau de la Grotte.** — Au début, il fut de mode d'attribuer à l'eau de la Grotte les faits merveilleux dont on ne pouvait nier l'existence ; les incrédules chantaient sur tous les tons ses vertus curatives. Mais la science, la réflexion et l'expérience eurent vite réduit à néant cette naïve explication.

M. Filhol, le chimiste le plus en renom du Midi, ayant reçu du préfet de Tarbes mission d'analyser cette eau, déclara dans son rapport que c'était une « eau potable, analogue à la plupart de celles que l'on rencontre sur les montagnes dont le sol est riche en calcaire. » Il ajoutait :

« Les effets extraordinaires, qu'on assure avoir obtenus, à la suite de l'emploi de cette eau, ne peuvent pas, au moins dans l'état actuel de la science, être expliqués par la nature des sels, qui entrent dans sa composition. Cette eau ne renferme *aucune substance active, capable de lui donner des propriétés thérapeutiques* marquées ; elle peut être bue sans inconvénient. »

Que dire, après un pareil coup de massue ?

D'ailleurs, ainsi que l'observe Huysmans, de quel pouvoir magique n'aurait-il pas fallu que cette nouvelle fontaine de Jouvence fut douée, puisqu'au contraire de toutes les eaux thermales dont les effets se spécialisent, elle enlevait indifféremment toutes les infirmités et toutes les maladies ? C'eût été la panacée terrestre, l'unité du remède appliquée à la diversité des maux.

Enfin que de guérisons, obtenues hors des piscines et sans le moindre concours de l'eau !

2. La Suggestion. — Les Rationalistes durent se mettre bien vite en frais d'une imagination nouvelle et ils décidèrent de ne voir dans les prodiges de Lourdes que des phénomènes de suggestion. La théorie eut grande vogue. Et, pour bon nombre d'incrédules, elle suffit encore maintenant à résoudre tous les cas, à rassurer toutes les inquiétudes, à endormir toutes les curiosités. Invention pourtant bien pauvre et digne d'une profonde pitié. Elle nous étonnerait, si nous ne savions que, pour échapper à certaines disciplines, l'orgueil et la corruption de l'homme ne reculent devant aucune absurdité.

Que faut-il donc pour la suggestion? Il faut une affirmation nette, catégorique, faite d'autorité, et qui impose aux malades une ferme conviction. Retenez tous ces éléments, et vous ne tarderez pas à voir que la suggestion, ainsi comprise, n'expliquera jamais les prodiges de Lourdes. Elle ne les expliquera jamais, parce qu'elle est impuissante à les produire, et aussi parce qu'elle n'existe même pas à Lourdes.

LA SUGGESTION EST IMPUISSANTE A CAUSER LES PRODIGES DE LOURDES. — Invoquons ici le témoignage du docteur Bernheim : il ne saurait nous être suspect, puisque ce docteur représente avec éclat l'école la plus avancée en matière de suggestion. Or voici ses aveux :

1° La suggestion n'agit que sur *quelques* maladies nerveuses ; et le docteur nous cite une liste interminable de névroses qui échappent à son action. Avouez que son empire est déjà bien réduit. Mais écoutez la suite.

2° La suggestion ne peut rien sur les maladies organiques. Si elle arrive parfois à rétablir les fonctions troublées, elle ne parvient jamais à guérir les organes malades. On ne l'a pas encore vue guérir, ainsi que cela se passe à Lourdes, des maladies de poitrine et des maladies de foie, des cancers et des lupus : on ne l'a pas encore vue rendre les yeux aux aveugles et l'ouïe aux sourds. Or, dans le nombre total des guérisons, quelle place tiennent, à Lourdes, les maladies nerveuses ? Elles n'en constituent pas même *la quatorzième partie*. Tout le reste ne comprend que des maladies organiques, absolument réfractaires à la thérapeutique suggestive. Dès lors, que penser de la fameuse théorie et de tous les prétendus savants qui, avec des airs de pontife, se sont évertués à la mettre sur pied ?

3° La suggestion n'agit que progressivement et avec lenteur ; ses résultats, quand elle en donne, demandent des semaines et des mois. Or combien de guérisons se produisent, à Lourdes, instantanément, avec la rapidité de l'éclair ! Et quelles guérisons ! Souvent les plus difficiles, les plus inattendues, les plus importantes, et en même temps les plus manifestes. — Rappelez-vous cette enfant de Paris, une grande jeune fille, mince et délicate, qui souffrait du terrible *mal de Pott*. Tous les soins demeurant inutiles, elle arrive à Lourdes, en 1895, se plonge dans la piscine ; et en moins d'une minute, le mal a disparu... Et James Tambridge qui, le corps tout rongé d'abcès, sort de la piscine, agile, ferme et vigoureux, comme vous et moi... Et Léonie Chartron, qui, arrivée à la dernière période de paralysie, de fièvre et de marasme, avec suppuration de six vertèbres, retrouve soudain dans la piscine une brillante santé... Et Pierre Delannoy qui, atteint d'ataxie locomotrice et hospitalisé seize fois à Paris sans éprouver jamais le moindre soulagement, se lève guéri, au passage du Saint-Sacrement... Et la plaie de Joachine Dehant, cette plaie gangréneuse de trente-deux centimètres de longueur sur quinze de largeur, qui se ferme comme par enchantement dans les eaux de la piscine... Et ce Vion-Duruy qui, affecté, depuis sept ans, d'un décollement des deux rétines, se mouille les yeux avec un peu d'eau de Lourdes et sent la vue lui revenir *tout d'un coup, aussi promptement qu'un coup de fusil*, disait-il ensuite... Et le Père Salvator qui, dévoré par la tuberculose, avec des lésions par tout le corps, et surtout du côté du péritoine, entre à peine dans l'eau des piscines, puis soudain se redresse pleinement guéri...

Et Gabriel Gargan, « *cette épave humaine,* » ainsi que l'appelaient un jugement du tribunal d'Angoulême et un arrêt de la Cour d'appel de Bordeaux ! Il est couvert de plaies vives et purulentes ; ses pieds sont gangrenés ; le moindre mouvement lui cause d'intolérables supplices. Et voici qu'à l'approche du Saint Sacrement il se lève, il veut à toute force suivre la procession. Plus aucune trace de paralysie, plus rien... Et ce cancer, vieux de six ans, qui disparaît en un clin d'œil et qui faisait dire ensuite au docteur Teuwen : « J'aurais vu repousser une jambe, que je ne serais pas plus étonné. »

LA SUGGESTION N'EXISTE PAS A LOURDES. — Je vais maintenant plus loin, et j'affirme que vous chercheriez vainement à Lourdes trace de suggestion.

1° Où la trouver, par exemple, chez ces tout petits enfants qui recouvrent la santé ? C'est Georges Lemesle qui guérit, à trente-et-un mois, d'une paralysie infantile ; c'est Fernand Balin qui, à trente mois, est délivré d'une déviation du genou ; c'est le jeune Duconte, âgé de deux ans, et que sa mère affolée porte à la fontaine de la Grotte, dans un état tout voisin de la mort ; c'est Yvonne Aumaître, que le docteur, son père, plonge dans l'eau miraculeuse, à vingt-trois mois, malgré ses cris, et qui en sort guérie d'un double pied-bot ; c'est Mertens qui guérit, à dix-neuf mois, d'une paralysie du bras droit ; c'est Paul Mercère

2

qui est délivré de deux hernies congé-
nitales, il a juste un an.

Si vous aviez vu ces enfants se dé-
battre avec larmes, tandis qu'on les
baigne dans la piscine, si vous les
aviez entendus hurler jusqu'à ce
qu'on les en retire, vous n'auriez sûrement plus envie d'invoquer ici la
suggestion.

2° Elle doit persuader au malade
que la santé va lui revenir. Mais est-
ce la persuasion qui a cicatrisé l'ulcère fougueux de Lucie Fraiture, quand
elle n'avait aucune espérance de guérir ?... Est-ce la persuasion qui a re-
dressé sur ses hanches, malades depuis vingt-huit ans, Lucie Fauré, qui,
songeant aux autres plus qu'à elle-même, n'est entrée dans la piscine que
pour faire plaisir à ses compagnes ?...
Est-ce la persuasion qui, le 17 septembre 1901, rendit la vue à Kersbilke, ce
mendiant aveugle de Lille, qui appe-
lait les brancardiers des *braconniers*,
et disait des piscines... quelque chose
qui ne peut se redire ?

3° Et ces autres malades, que la
guérison est venue chercher, après
leur retour de pèlerinage, quand ils
n'avaient plus aucun espoir, dans une
chambre solitaire, parfois durant leur
sommeil, quelques-uns même, sans
qu'ils fussent jamais allés à Lourdes !
Sans doute personne ne sera tenté de
voir ici l'influence d'une suggestion
religieuse quelconque : où est la foi
en la certitude de la guérison ?

4° D'ailleurs qui remplirait, à Lourdes, l'office de suggestionneur ? Les

prêtres sans doute. Mais de leur bouche ne tombent que des invocations
religieuses et des prières. Or c'est
avec des commandements que l'on
suggestionne : et vous n'entendez jamais, à Lourdes, rien de pareil.

5° Enfin, pour que la suggestion
soulage ou guérisse, le malade doit
être absolument convaincu ou qu'il ne
souffre pas ou qu'il cessera bientôt de
souffrir. Le moindre doute, la plus lé-
gère hésitation la condamnent à une
totale impuissance. Or, cette conviction absolue se rencontre-t-elle chez
les pèlerins qui vont chercher la santé
à Lourdes ? Non, jamais. La religion
ne leur permet qu'une espérance ti-
mide et toujours incertaine. La guérison dépend toute du bon plaisir divin.
Mais ce bon plaisir, que voudra-t-il ?
Mystère.

Confessez maintenant que le docteur Bérillon avait mille fois raison de
dire : « Je croyais trouver de la suggestion ici ; il n'y en a pas. »

Loin de se tenir pour battus, les Rationalistes se retranchent aussitôt dans
l'auto-suggestion. C'est le nouveau re-
fuge de leur pensée aux abois. Mais il
nous sera facile de les en déloger.

3. L'auto-suggestion. — A les en
croire, les malades se suggestionnent
eux-mêmes sous l'influence de leur foi
religieuse qui ne raisonne pas, qui
supprime le contrôle, s'impose à
l'imagination et produit, sans effort,
une persuasion profonde, entière, absolue. A ce travail intérieur joignez

toutes les impressions qui viennent du dehors, des remous de la foule, de la pompe des cérémonies, de l'entraînement des prières, du bruit des acclamations, des cantiques et des hymnes qui jaillissent à la fois de vingt mille, de trente mille poitrines. Et vous n'aurez pas de peine à comprendre que tout cet ensemble de circonstances jette les infirmes dans une hallucination vive et profonde qui réalise bientôt ce qu'elle demande. « Notre-Dame de Lourdes, guérissez-moi !... Notre-Dame de Lourdes, vous allez me guérir !... Notre-Dame de Lourdes, vous m'avez guéri !... » Et tout mal a disparu.

Voilà, en somme, tout le système de Charcot, de Bernheim et de Zola. Ils l'expriment sans doute d'une autre manière, avec tout un pédantesque étalage de grands mots, de phrases obscures et d'affirmations gratuites, que les simples et les naïfs prennent pour de la science. Mais si la forme varie, le fond est identique.

J'admire à quelle acrobatie intellectuelle se livrent nos incrédules pour expliquer des faits dont ils ne peuvent nier l'évidence, mais dont ils veulent établir, coûte que coûte, le caractère purement laïque. Passons au crible cette nouvelle doctrine.

Et d'abord, que des gens atteints de maladies nerveuses, que des hystériques soient guéris à Lourdes par de fortes commotions, nous l'accordons sans peine : seulement nul ne les considère comme des miraculés, nul ne s'en préoccupe.

1° Mais il n'y a pas à Lourdes que des hystériques et des névrosés. Et croire que l'imagination a une puissance médicatrice assez forte pour modifier les lois de la formation des tissus, pour supprimer des phtisies arrivées à la dernière période, des cancers, des maux de Pott et des gangrènes, pour redresser des pieds-bots, rendre la vue aux aveugles et l'ouïe aux sourds, pour guérir toute espèce d'affections, aussi bien les désordres organiques que les plaies, c'est se mettre en opposition avec les principes les plus incontestés de la science. Autant vaudrait imiter Bacon, qui se proposait de rechercher si l'imagination ne parviendrait pas à mûrir des nèfles en vingt-quatre heures. L'illustre chancelier ne paraît pas avoir réussi dans son entreprise.

2° Et les tout petits enfants ? Dira-t-on qu'à trente mois, qu'à douze mois, ils étaient en état de se suggestionner ? Le prétendre serait pure folie. Or, nous avons déjà vu que la Sainte Vierge s'est plu maintes fois à guérir des enfants de cet âge.

3° Et ces mécréants qui, sans croire ni à Dieu ni à diable, voient leur mal disparaître, alors que tant d'infirmes, animés de la foi la plus vive, voient le ciel fermé à toutes leurs prières ? Ce phénomène se présente, à Lourdes, tous les ans. L'expliquerez-vous par la théorie de l'auto-suggestion ?

4° On nous parle avec fracas de malades hypnotisés par le décor, par le saisissement de l'eau froide, par les lumières de la Grotte, par le roulement des *Ave*. Mais quel empire peuvent avoir toutes ces choses sur des malades qui guérissent au loin, sans être allés à Lourdes même une seule fois ? C'est l'histoire de Henri Lasserre qui se lotionne, à Paris, chez lui, avec l'eau de la Grotte et soudain recouvre la vue.

5° Je pourrais même citer des malades qui ne voulaient pas guérir, comme sœur Marie des Anges, devenue plus tard abbesse des Clarisses de Lourdes. Pensez donc : elle n'avait plus, de l'avis de tous, que peu de jours à vivre pour être auprès du bon Dieu. Atteinte d'une affection cancéreuse et couchée depuis sept ans, elle ne pouvait s'alimenter d'aucune manière. Elle venait à peine, par obéissance, de formuler sa prière, qu'enveloppée aussitôt dans un grand frisson, elle fut jetée debout, pleinement guérie. « Depuis, disait-elle vingt-cinq ans après, depuis, je n'ai jamais plus été malade. » — Ruminez cette histoire, vous, les intrépides tenants de l'autosuggestion, et tâchez de l'accorder avec vos ingénieuses théories.

6° Mais à quoi bon dépenser tant de poudre ? Puisque les prodiges de Lourdes n'ont pas d'autre origine que la mise en scène, qui vous empêche de les accomplir, vous aussi, et d'écraser Lourdes par une concurrence victorieuse ? Allons, Messieurs les docteurs

de l'incrédulité, vous qui regardez les
merveilles de la Grotte avec des airs
transcendants et des sourires dédai-
gneux, faites-en donc autant. La chose
vous sera facile. D'après Renan, l'un de
vos illustres pontifes, le catholicisme
n'est-il pas la crétinisation de l'individu ?
La Libre-Pensée n'est-elle pas le triomphe et l'apogée de l'intelligence humaine ? Choisissez donc un site pitto-
resque, entre des montagnes superbes,
aux flancs tapissés de verdure, au
front couronné de neiges éternelles.
Vous n'avez que l'embarras du choix.
Et, là, bâtissez un monument splendide,
vrai chef-d'œuvre d'architecture, un
temple laïque où vous amènerez, pour
qu'ils soient guéris, aveugles et boî-
teux, lépreux et paralytiques, poitrinaires et cancéreux. En même temps, appelez à votre aide toutes les Loges de
France et de Navarre, tous les Francs-
Maçons, avec leurs oripeaux, leurs
truelles, leurs triangles, leurs bannières
et leurs tabliers. Sous les yeux ébahis de
vos malades, instituez des processions,
multipliez vos appels au grand Archi-
tecte de l'univers, implorez tous les
saints de votre calendrier, les Robes-
pierre, les Danton, les Marat et le divin Ferrer, tous ces bandits qui sont
l'opprobre de l'humanité. Nous vous at-
tendons à l'œuvre, et vous nous direz,
au bout de vingt ans, combien d'ex-
voto tapissent les murailles de votre
basilique... Vous n'essaierez même
pas, tant vous êtes convaincus d'a-
vance que votre entreprise ne durerait
seulement pas vingt-quatre heures et

qu'avant la fin du premier jour elle aurait croulé toute entière sous le mépris des peuples et dans un éclat de rire universel.

Ayez donc au moins la pudeur de ne plus mettre en avant ni la suggestion, ni l'auto-suggestion, autant de contes à dormir debout, autant de calembredaines ridicules, dont vous ne croyez sûrement pas le premier mot et que vous jetez en pâture à toutes les ignorances, à toutes les corruptions, à toutes les impiétés de la foule, pour la retenir, loin de tout idéal, dans un matérialisme grossier et la plier ensuite servilement à toutes les ambitions de votre orgueil.

4. Les forces inconnues. — Nos rationalistes ont vite fait de changer leur fusil d'épaule et de se cantonner sur un terrain plus solide. Ils ne travaillent plus à interpréter les cures de Lourdes : elles défient, au moins pour le moment, toutes les recherches de l'intelligence. Mais elles ne sont que « du merveilleux encore inexpliqué ; » la sagesse demande qu'on les attribue « à des forces encore ignorées de la nature. » Rien de plus simple. Connaissons-nous *toutes* les forces de la nature ? Non, certes, puisque nous ne savons même pas jusqu'où s'étend l'empire de celles qui nous sont familières. Dès lors, n'avons-nous pas le droit d'espérer que des prodiges, qui nous paraissent maintenant en dehors et au-dessus des lois de la nature, sembleront aux yeux de notre postérité la chose la plus naturelle du monde ? A mesure que nous avançons, la science ne nous livre-t-elle pas une foule de secrets ? Voyez, par exemple, le télégraphe, le téléphone, l'aéroplane.

Que vaut pareille théorie ? Vous allez en juger.

1° Les rationalistes nous parlent de forces inconnues. Mais sont-ils bien sûrs qu'elles existent ? Non, n'est-ce pas ? Ils n'en donnent aucune preuve. J'ai donc le droit de répondre par une fin de non-recevoir à leur affirmation qui ne s'appuie sur aucun fondement.

2° D'ailleurs, cette façon de raisonner autorise et justifie par avance les fantaisies les plus délirantes, les rêves les plus absurdes. Quelle tête feraient nos prétendus sages, si j'affirmais qu'un jour viendra où les hommes auront tous la taille de la tour Eiffel ? Ils m'accuseraient tout au moins d'avoir perdu la tête. Et pourquoi, je vous prie ? Entendez-les tous me répondre d'une seule et même voix que les lois de la biologie condamnent mon assertion. Oui, leur répliquerai-je à mon tour, les lois que nous connaissons ; mais ce changement viendra des lois que nous ignorons encore. — Au fond je ne ferais, en parlant ainsi, que marcher sur leurs traces. Or, une voie qui mène logiquement à de telles folies, ne peut être qu'une voie de mensonge et d'erreur.

3° On nous parle sans cesse de lois nouvelles qui nous ont donné la vapeur, le télégraphe, la télégraphie sans fil, le téléphone, l'aéroplane, que sais-je encore ? Mais où sont ici les lois nouvelles ? En toutes ces inventions je ne vois que de nouvelles applications de lois fort anciennes.

4° L'on nous répète à satiété que nous ne connaissons pas toutes les forces de la nature. Il faudrait pourtant s'entendre une bonne fois là-dessus. Que nous ne les connaissions pas *positivement*, d'accord. Non, nous ne pouvons affirmer jusqu'où s'étend leur action ; et, si j'avançais le contraire, les découvertes scientifiques de tous les jours m'infligeraient un cruel démenti. Mais nous les connaissons *négativement*, et nous savons qu'elles ne dépasseront jamais certaines limites. Ainsi nous savons très bien qu'elles ne pourront jamais en une minute, en une seconde, fermer une plaie, fût-elle d'origine nerveuse, ni reformer un épiderme ; nous savons très bien qu'elles ne pourront jamais restaurer en un coup de foudre, sans l'ombre de convalescence, une économie ruinée par une longue maladie et des années d'inanition ; nous savons très bien qu'elles ne permettront jamais à la pierre de produire la vie, même après des milliards et des milliards de siècles ; nous savons très bien que les moutons, après avoir dit *bé*, ne diront jamais *ba*.

5° Si vous pensez le contraire, si vous jugez que dans les siècles à venir, des lois nouvelles convaincront d'erreur ces principes que nous tenons à présent pour certains, prenez garde, vous ruinez par la base toute science. D'après vous, en effet, nous n'aurions plus que des lois problématiques et nous vivrions seulement d'hypothèses. Mais n'oubliez pas que la science repose sur la fixité des lois de la nature, sur des conclusions absolues.

6° Observons encore que ces forces inconnues doivent, comme toutes les forces de la nature, obéir à des lois mécaniques, aveugles et fatales : donc elles doivent agir toujours de la même manière, toujours dans les mêmes conditions, toujours dans le même cercle, un cercle bien étroit. Mais voici que l'agent mystérieux, qui opère à Lourdes, s'affranchit de tout esclavage, de toute limite, et manifeste une indépendance souveraine. Ainsi que nous le verrons bientôt, rien de plus varié, rien de plus large que son action, rien de plus capricieux en quelque sorte, ni qui déjoue mieux toutes les prévisions de la sagesse humaine.

7° En outre, ces forces aveugles et fatales auraient une riche dose d'intelligence et de liberté : car elles distinguent à merveille entre les catholiques et les libres-penseurs et ne veulent jamais répondre qu'à nos appels. D'où vient qu'elles sont seulement à notre usage et que nous avons seuls le privilège d'en profiter ? Je serais curieux de savoir ce que répondent ici nos Rationalistes.

8° Cette théorie des forces inconnues est bonne peut-être pour des entretiens de salon, pour des articles de revue, où de beaux parleurs, où des écrivains, à la plume facile et brillante, s'amusent, en jonglant avec les mots, à jeter de la poudre aux yeux. Mais devant les faits elle s'évanouit comme une misérable bulle de savon.

Rappelez-vous la guérison d'Ernestine Guilloteau : les 18 et 25 septembre 1908, René Gaëll la publiait dans le *Nouvelliste de Bordeaux*, sous ce titre : *Celle qui ressuscita*.

Dévorée par la tuberculose, cette pauvre jeune fille n'était plus qu'une vaste plaie, une masse de déchets sans nom. Les médecins se demandaient par quel prodige la vie subsistait dans ce corps en décomposition. Bientôt, par toute la contrée, ce fut un objet de stupeur. On venait de très loin, par pitié, par curiosité, voir ce cadavre vivant, cette morte qui respirait encore, dont l'aspect était plus hideux que celui d'un squelette tiré de la sépulture. Le moindre attouchement éveillait une atroce douleur.

C'était en 1908. A partir du mois de mai, commencèrent les syncopes qui duraient des jours, avec de courtes intermittences de lucidité. Ernestine, agonisante, trouva la force de dire : « Je veux qu'on m'emporte à Lourdes ». On l'emporta, respectant son désir sacré. Ceux qui la virent passer furent terrifiés. Les indifférents s'indignaient : « C'est un crime ! » Les autres déclaraient : « C'est une folie ! » Quelques-uns murmuraient : « Elle est déjà morte ! » Et ceux qui la connaissaient suivirent jusqu'à la gare, en cortège de deuil, cette mère douloureuse qui accompagnait le cadavre de sa fille, avec les larmes angoissées des âmes qui mènent au cimetière ceux qu'ils ont aimés et qui ne sont plus.

Durant le voyage, la mère priait, ne sachant plus si elle pleurait sa fille malade ou morte. Aucune manifestation de la vie, ni râles, ni plaintes, pas même le souffle laissant au miroir la trace avidement recueillie de la respiration qui dure encore. Ainsi, elles arrivèrent à Lourdes, au matin du 25 août

Sur le quai, dans les rues, à l'hôpital même, la vision lugubre d'Ernestine remplissait les âmes d'un mystérieux effroi. Etait-ce donc un être vivant, ce visage terreux qui ne voyait plus, ces mains de spectre, ce crâne de morte, ce faisceau pitoyable d'ossements desséchés ? Comment pouvait-elle vivre ? Par quel inexplicable prodige le cœur, les poumons exerçaient-ils leurs fonctions ? Quels moyens d'alimentation conservaient, dans ce corps anéanti, la dernière force d'existence ? Son sang ne recevait plus la vie que par la pointe d'une aiguille, et cela depuis des mois !

Durant son séjour à l'hôpital, la jeune fille n'avait qu'un mot prononcé dans un souffle, et si bas qu'il fallait une oreille bien exercée et approchée tout près de sa bouche pour le recueillir : « Emmenez-moi ! » Et chaque fois qu'elle sortait, affaissée sur sa couche de misère, les passants murmuraient : « Elle ne reviendra pas ! »

Le jeudi 27, durant toute la procession du Saint-Sacrement, elle demeura inerte. La mère jugea cette fois que c'était fini et sa douleur s'éclaira d'une joie : « Enfin mon enfant est délivrée ! » Non, elle n'était pas morte, mais la grande agonie commençait. La nuit vint, la nuit dernière, au jugement de tous. A deux heures, on la crut morte. Et la pauvre mère, abandonnée à son désespoir, à genoux près de la couche funèbre, laissa couler librement ses larmes jusqu'au jour.

Mais comme, vers cinq heures du matin, elle s'était penchée sur le visage de sa fille, dans un dernier instinct d'invincible espoir, au milieu de ses sanglots, elle entendit un murmure si faible qu'elle crut rêver : « Ma mère, pourquoi pleurez-vous ? » Elle tressaillit, s'inclina sur cette bouche qu'elle avait cru fermée pour toujours, entendit ces étonnantes paroles : « Je veux revenir à la Grotte ! »

Etait-ce possible ? L'aumônier offrit de lui porter la sainte communion. Ernestine, très doucement, refusa : « Non, à la Grotte ! » Le médecin, qui était de service à l'hôpital, déclara que c'était un acte inhumain, « une vraie tentative d'assassinat ». L'aumônier réitéra vainement l'offre d'apporter la sainte hostie. La jeune fille refusait toujours et son souffle épuisé murmurait : « Je veux qu'on m'emmène à la Grotte. » On résolut d'obéir.

A huit heures, le triste cortège se mit en route. Vingt minutes après, Ernestine Guilloteau passait au milieu de la foule apitoyée, secouée d'un frisson d'épouvante. Plus un mouvement. La terrifiante immobilité l'a ressaisie. Elle n'a plus conscience de rien. Sa bouche est muette, ses oreilles insensibles. Le miroir ne révèle plus l'action vitale.

La messe vient de s'achever. Le Saint Sacrement regagne l'église du Rosaire, les fronts se courbent. Près de la couche de sa fille, la mère prosternée relève la tête. Et voilà que soudain elle chancelle : une vision étrange trouble son regard et la terrasse. Le lit de mort est vide, et devant elle l'effrayante silhouette de sa fille est dressée, ce grand corps sans chair, anéanti, brisé, qui vient de surgir. Ernestine s'avance, soutenue à peine au bras d'un brancardier. Elle marche ainsi jusqu'au Rosaire sans défaillance. En la voyant ainsi se mouvoir sans muscles, parler, s'asseoir, se courber, exercer les actes vitaux d'un corps en santé, les médecins n'eurent qu'un mot, l'aveu de l'esprit humain qui s'incline, vaincu, devant l'irréalisable réalisé : « Elle ne pouvait pas guérir. »

Messieurs, que pensez-vous de ce prodige ? Placez-vous en face, loyalement, et demandez-vous : « Est-ce bien là l'œuvre de la nature, livrée à elle-même, agissant d'après ses lois ? » Puis laissez votre conscience vous répondre. Sûrement elle vous dira : « Le doigt de Dieu est ici ! *Digitus Dei est hic.* » Oui, le doigt de Dieu est ici : c'est maintenant la seule parole qui nous reste.

III. — EXPLICATION CATHOLIQUE

Les Rationalistes n'ont certes pas à se plaindre ; nous leur avons permis d'exposer tout au long les théories par où ils prétendaient ramener les prodiges de Lourdes aux simples proportions de faits naturels. A qui la faute, s'ils ne s'entendaient pas entre eux et si la variété de leurs explications en laissait déjà voir un peu l'insuffisance ? Quoi qu'il en soit, nous les avons écoutés jusqu'au bout. Et nous avons vu, clair comme le jour, que ni l'eau des piscines, ni la suggestion, ni l'auto-suggestion, ni les forces inconnues de la nature ne suffisent à rendre compte des merveilles de Lourdes.

Il faut pourtant leur trouver une cause. Ah ! ne cherchons pas davantage ; ces prodiges sont comme autant de voix qui chantent Dieu et sa puissance ; c'est de Lui qu'ils viennent, c'est Lui qu'ils proclament. La conclusion s'impose ; et, de plus, j'apporte en sa faveur un triple témoignage, le témoignage de la *Philosophie*, le témoignage de la *Science* et le témoignage de la *Libre-Pensée*.

1. La Philosophie.— Quatre phénomènes signalent à nos méditations les cures de Lourdes : leur nombre, leur importance, leur variété et leur soudaineté. Chacun d'eux, pris à part, est capable de produire la foi au surnaturel ; réunis en faisceau, ils forment un ensemble lumineux qui impose la croyance au miracle, pourvu cependant que notre âme ne manque ni de loyauté ni d'attention.

1° LEUR NOMBRE. — Il s'est rencontré des jours où les médecins déclaraient qu'ils ne pouvaient plus suffire à constater les guérisons. Les faveurs du ciel s'épanchaient alors comme une prodigieuse rosée. Or il s'en faut bien que tous les miraculés se fassent connaître, avant de quitter Lourdes. En comparant ceux que les médecins ont vus et ceux dont les compte-rendus particuliers publient les noms et l'histoire, on s'aperçoit vite que le bureau médical ne connaît seulement pas la moitié des guérisons. Il convient d'en accuser le manque de temps et peut-être plus encore l'ennui de se soumettre à une sorte d'examen public.

Le Bureau des constatations rédige annuellement, à lui seul, depuis plusieurs années, de cent à deux cents procès-verbaux. Le nombre s'est même élevé jusqu'à deux cent trente-six. Où n'arriverait-on pas, en y ajoutant les guérisons, qui n'ont pas été officiellement enregistrées, mais que les directeurs et les membres des divers pèlerinages ont pourtant admirées de leurs yeux ?

« L'année dernière, écrivait, en 1906, M. Boissarie, nous avons rédigé 120 procès-verbaux, et chaque pèlerinage conserve la statistique de ses guérisons ; et, tandis que nous en avions compté cinq pour le pèlerinage de Lyon, les directeurs de Lyon en signalaient 58. Nous n'avions que deux guérisons pour le pèlerinage de Metz, et le *Bulletin de la Lorraine* en mentionne 22. »

Et le docteur ajoute :

« Il en est ainsi pour tous les pèlerinages. En additionnant tous les résultats, nous arriverions facilement à 1.000 ou 1.500 guérisons par an. »

Rappelons-nous, Messieurs, cette journée historique du lundi, 23 août 1897, cette procession qui se déroula, le soir, à trois heures, devant plus de quarante mille témoins. Elle allait finir, quand soudain, à la voix du P. Picard, des malades se dressent, des paralytiques se mettent en marche. Des tonnerres d'acclamations éclatent avec les strophes du *Magnificat*, enlevé par plus de trente mille poitrines. De nouveaux malades quittent leur grabat : des brancards et des béquilles s'agitent en l'air. Encore des guéris ! Pendant plus de deux heures, au milieu d'un enthousiasme indescriptible, au chant répété du *Magnificat*, alternant sans cesse avec les invocations, avec les hymnes de reconnaissance et d'amour, quarante-et-un malades sont guéris et marchent. — Cela, les spectateurs l'ont vu, quarante mille personnes l'ont vu. Cela s'est passé de quatre heures et demie à sept heures, en plein jour, à Lourdes, le 23 août 1897. La parole est impuissante à rendre de pareilles scènes. Des milliers d'hommes ont touché du doigt le surnaturel, ont vu de leurs yeux le miracle, le miracle continu, le miracle répété, le miracle quarante fois renouvelé.

2° LEUR IMPORTANCE. — Vous savez, en outre, que ces prodiges mettent souvent aux abois tout le savoir de nos médecins. Combien de malades guéris, alors que de nombreux docteurs les avaient déclarés incurables ! Ne dépasse-t-elle pas toutes les énergies de la nature, cette influence mystérieuse qui, à Lourdes, ressoude des os brisés et séparés depuis de longues années, qui reconstitue un poumon troué de cavernes tuberculeuses, qui supprime un cancer au foie, au cœur ou à l'estomac, qui fait disparaître un ulcère de l'estomac, un pied-bot, un mal de Pott ou une coxalgie ? Or que de fois ces prodiges se renouvellent ! Les faits sont certains : les maladies avaient été dûment constatées.

3° LEUR VARIÉTÉ. — Et quelle variété merveilleuse nous apparaît dans tout l'ensemble de ces guérisons ! Variété des maladies, variété des circonstances, variété du mode.

Variété des maladies. — L'influence, qui opère à Lourdes, ne se manifeste pas toujours en des cas identiques ; elle s'exerce même sur les maux les plus différents, ou plutôt sur tout l'ensemble des infirmités, dont l'organisme humain peut souffrir.

Une statistique, dressée par M. le docteur Duret, doyen de la Faculté libre de médecine de Lille, nous donne les chiffres suivants :

« Sans vouloir tout citer, on trouve que la *tuberculose*, quel que soit son siège (os, articulations, viscères), a donné lieu à 747 guérisons, dont 329 de tuberculoses pulmonaires. On relève 583 cas pour les maladies de *l'appareil digestif* (estomac, intestins et annexes) ; 96 cas pour l'*appareil circulatoire*, dont 55 pour le *cœur* ; 137 cas pour les maladies de la *moelle* et du *cerveau* ; 320 cas pour les affections non tuberculeuses des *os* et *articulations* ; 38 pour celles de la *peau* ; 111 pour les *tumeurs* ; 45 pour les *plaies* ; 25 pour les *cancers* ; 168 pour le *rhumatisme* et 481 pour les maladies générales et diverses. Les maladies nerveuses proprement dites (hystérie, épilepsie, chorée, neurasthénie, troubles mentaux. etc.), que certains affirment, inconsidérément, être les seules qui guérissent à Lourdes, ne figurent que pour un total de 270, environ 7 pour 100. »

Signalons aussi la guérison de 52 aveugles et de 28 sourds-muets.

Variété des circonstances. — Les patients sont maintes fois affranchis de leurs maux, dans des coins, tout seuls, sans se baigner, sans boire d'eau, sans être bénis par le Saint Sacrement, sans l'aide de suppliques communes, sans cadre ni milieu. Il arrive même que des gens recouvrent la santé chez eux, sans aller à Lourdes, en faisant tout bonnement une neuvaine, ou même sans bouger de leur chambre, après une communion, en invoquant simplement la Vierge.

Variété du mode. — Admirez aussi la façon dont se pratiquent les cures. Les uns souffrent en guérissant, les autres pas. Les uns sont soulevés par un mouvement de flots et lancés sur pieds, ou parcourus par des frissons, ou ventilés par des souffles. alors que d'autres n'éprouvent rien. Les uns se sentent guérir, alors que les autres, comme Mme Rouchel, la femme au lupus, le sont, sans s'en douter. D'aucunes enfin, telle que cette miraculée, gardent, une fois rétablies, des cicatrices, des marques de leurs ulcères, tandis que d'autres, comme Marie Lemarchand, n'en conservent aucune.

Expliquez cela. Ou mieux encore convenez avec moi que l'agent mystérieux de Lourdes ne suit aucune règle, ne dépend d'aucune loi, et qu'il opère quand il veut, comme il veut, où il veut, tant qu'il veut.

4° LEUR SOUDAINETÉ. — Enfin le trait qui, dans ces prodiges, frappe peut-être davantage notre esprit et fixe le plus son attention, c'est leur soudaineté. Sans doute, nous ne l'y retrouvons pas toujours, mais il apparaît souvent, ce qui suffit. Or vous n'ignorez pas qu'il est un signe distinctif, une marque spéciale des opérations divines. La nature, elle, avance pas à pas, lentement, selon des lois qui l'enchaînent. Mais la puissance de Dieu ne connaît pas de limites : de là, ces guérisons qui se produisent avec la rapidité de l'éclair. N'avez-vous jamais entendu parler de cette jeune fille de vingt-sept ans, Marie Borel, arrivée à Lourdes avec six fistules stercorales, seule issue par où s'échappait le contenu des intestins ? La voilà redevenue saine subitement ! Les voies naturelles ont repris leurs fonctions et toutes les plaies sont cicatrisées, phénomène qui a exigé la reconstitution instantanée des tissus du dedans et du dehors. Les médecins présents en restèrent stupéfaits.

Voyons, Messieurs, toutes ces observations ne composent-elles pas un ensemble, dont la solidité doit frapper tous les esprits sincères qui cherchent la vérité de bonne foi ? Après les avoir entendues, hésiteriez-vous à reconnaître la main de Dieu, à saluer le miracle ? Comment vous y dérober ? Une fois Dieu écarté, quelle cause naturelle mettre en avant ? Nous avons prêté l'oreille aux leçons de nos fameux Rationalistes, et vous avez pu voir, à la lumière des faits, leur misérable néant. Douter encore de l'intervention divine n'est-ce pas fouler aux pieds les enseignements de la plus élémentaire sagesse ?

Venons maintenant au témoignage de la Science.

2. La Science. — Nous le recevrons surtout des médecins ; nul ne sera jamais plus autorisé à parler en semblable matière. Or, que nous disent-ils ?

1° TÉMOIGNAGES INDIVIDUELS. — Dans le certificat qu'ils délivrent au malade après sa guérison, beaucoup de médecins ne se contentent pas d'attester le retour à une santé parfaite : ils ont le courage de déclarer, parfois que le fait dépasse la portée de la science médicale, souvent qu'il n'est explicable que par l'intervention directe de Dieu. Oui, une bonne partie des certificats de guérison proclament nettement cette évidence. M. l'abbé Bertrin en a relevé 171 : et combien ont dû lui échapper ?

Je ne peux les citer tous. Mais vous en trouverez toute la substance dans ces belles paroles du docteur Vergez, professeur agrégé de la Faculté de médecine de Montpellier, qui étudia de si près, trente années durant, l'histoire des guérisons miraculeuses. Il écrivait, le 8 septembre 1886 :

On me demande ce que j'ai vu à Lourdes. Deux mots suffisent pour le dire.

Par l'examen des faits les plus authentiques, placés au-dessus de la science et de l'art, j'ai vu, j'ai touché l'œuvre divine, le miracle.

J'ai vu de l'eau naturelle, dotée d'une vertu contingente, supérieure aux forces dont peut disposer la nature, et d'une divergence d'action absolue. Cette eau, toujours la même, invariable, je l'ai vue produire des effets surnaturels très différents, sans analogie entre eux.

Arracher un enfant agonisant à la mort ; rétablir la vue dans un œil, insensible à la lumière par suite d'une lésion traumatique profonde ; rendre la plénitude des mouvements à des membres paralysés ; guérir un ulcère chronique, étendu, très rebelle, telles ont été ses premières opérations.

Celles qui les ont suivies ne sont ni moins étonnantes, ni moins concluantes.

Quelques vues ont porté sur des maladies réputées incurables : phtisie élevée à la période ultime, cancer, ataxie locomotrice.

La moisson a été riche, abondante et de longue durée. Elle continue... C'est toujours *le miracle, passé à l'état de permanence.*

Le miracle passé à l'état de permanence ! Voilà le mot à retenir ; car ce mot, après vingt-cinq ans, n'a pas du tout vieilli.

2° TÉMOIGNAGES COLLECTIFS. — Nous avons aussi des témoignages collectifs dont la grande autorité ne saurait faire doute pour personne.

Ainsi, le 21 octobre 1901, plus de cent médecins, réunis sous la présidence du docteur Duret, ex-chirurgien des hôpitaux de Paris, professeur de clinique chirurgicale à la Faculté libre de médecine de Lille, et membre correspondant de l'Académie de médecine, délibérèrent ensemble sur la fameuse guérison de Pierre de Rudder et conclurent à l'unanimité que « cette guérison subite doit être regardée comme un fait d'ordre surnaturel, c'est-à-dire miraculeux. »

Peut-être ne la connaissez-vous pas. La voici, telle que M. le docteur Boissarie la raconta, le 10 juin 1900, au Congrès catholique de Paris. J'estime qu'après l'avoir entendue, la conclusion des médecins ne vous paraîtra pas du tout exagérée :

Rudder avait eu la jambe gauche écrasée sous un tronc d'arbre ; il y avait une plaie au fond de laquelle on apercevait les deux os brisés.

On avait enfermé tout cela dans un bandage solide, et les os qui baignaient dans le pus n'avaient pu se souder. On ne connaissait pas l'antisepsie. Vainement on renouvela les appareils, cinq médecins se succédèrent auprès du malade. Après un an, il n'y avait aucune consolidation.

Rudder, découragé, se lève, essaie de se traîner sur des béquilles. Il s'est formé une fausse articulation au niveau de la fracture, sa jambe se plie comme une tige brisée, se tord comme un linge mouillé ; on peut ramener la pointe du pied en arrière, le talon en avant.

Rudder, en pliant sa jambe, fait jaillir les deux os au niveau de la plaie, on les voit, on les touche. Il reste huit ans dans cet état, traînant sa jambe qui ballotte en tous sens comme une loque.

Le docteur Royer a fait une enquête très minutieuse qui lui a permis d'établir l'existence de cette fracture jusqu'au 7 avril 1875, jour de son pèlerinage et de sa guérison.

Le 2 avril, la fracture est constatée par des témoins qui déposent avoir aperçu les deux bouts d'os brisés qui sortaient au niveau de la plaie. Le 4 avril, nouvelle constation par de nouveaux témoins.

Le 6, trois personnes déposent que devant elles Rudder a défait son pansement et qu'elles ont aperçu les os brisés séparés par une distance de 3 centimètres.

Le 7 avril, on se met en route à quatre heures du matin pour le pèlerinage : les témoignages se multiplient. La femme et la fille font un pansement. Un garde-barrière, un employé de la gare et deux autres personnes montent Rudder dans le train, constatant la mobilité de la jambe.

Le cocher de l'omnibus, qui fait le trajet d'Anvers à Oostacker, où les Belges ont édifié un fac-similé de la grotte de Lourdes, voyant la jambe ballotter, dit en riant : « En voilà un qui perd la jambe. » Le coussin de la voiture où Rudder appuyait sa jambe est tout taché de pus.

Enfin, le voilà devant la Grotte. Après avoir fait une fois le tour en se traînant avec des béquilles, il tombe exténué sur un banc. De son cœur monte une prière fervente ; il implore le pardon de ses péchés et demande sa guérison pour pouvoir nourrir sa famille. Tout à coup, il éprouve un trouble inexprimable, et puis il se lève, laisse ses béquilles, et, lui qui n'a pas fait un pas depuis huit ans, traverse le rang des pèlerins, va s'agenouiller aux pieds de la statue.

Etonné de se voir à genoux : « Où suis-je », dit-il ; il se lève, et, sans répondre aux questions de sa femme éperdue, il fait trois fois le tour de la Grotte. Il était guéri.

Immédiatement, suivi de tous les pèlerins, il se rend au château voisin de Courtebourne. C'est là que l'on fait le premier examen. La jambe et le pied, qui étaient fort gonflés, avaient repris leur volume, les bandes

étaient tombées, les plaies cicatrisées, les
os rompus subitement rejoints.

Il part et il retrouve au retour tous les témoins qui le matin avaient constaté la fracture : les employés de la gare, les voisins,
tous les habitants de la commune. Dès le
lendemain, les médecins étaient chez Rudder ; ils s'y sont succédé pendant plusieurs
jours.

13 ou 14 notables ont signé un procès-
verbal de constat qui est resté dans les ar-
chives de la commune. Le médecin a signé
un rapport qui a été conservé, il nous a
écrit lui-même à deux reprises différentes.

Le docteur Royer a fait une très longue
enquête qu'il a publiée et soumise au contrôle de tous ses confrères : pas une protes-
tation ne s'est élevée.

Rudder allait faire son 400e pèlerinage
d'action de grâces, lorsqu'il fut emporté par
une pneumonie. Il mourut le 22 mars 1898
et fut inhumé le 25, jour de l'Annonciation ;
il avait 75 ans, c'est à 44 ans qu'il avait eu
son accident et à 52 ans qu'il avait été
guéri.

La fracture de Rudder était très grave.
Pour guérir, il aurait fallu réséquer les
fragments, les aviver, les suturer, faire de
l'antisepsie et rester six ou huit mois au
lit.

Cette fracture s'est soudée instantanément,
non pas de cette instantanéité dont parle
Charcot, qui demande quinze ou vingt jours
pour effectuer et dont les lois naturelles
peuvent s'accommoder, mais avec une instantanéité absolue, dans l'espace de quelques
secondes.

L'autopsie nous montre que les os de la
jambe gauche sont absolument égaux à
ceux de la jambe droite. Cependant il y a
eu des fragments d'os qui ont été éliminés.
La suppuration pendant huit ans a dû éro-
der, user les extrémités osseuses.

Les témoins ont constaté que les os
étaient à une distance de trois centimètres
les uns des autres ; pour remplir tout cela
il a donc fallu une création instantanée de
tissus osseux.

Les muscles de cette jambe, qui depuis
huit ans ne fonctionnent pas, qui sont bai-

gnés dans le pus, sont atrophiés, dégénérés, et cependant ils se mettent à se contracter d'une façon normale. Un malade qui se lève après quarante ou cinquante jours de traitement pour la fracture de jambe la plus simple, met deux ou trois mois à apprendre à bien marcher. Ici, après huit ans, il n'y a même pas un jour de convalescence.

Ne vous semble-t-il pas, Messieurs, que nous venons d'assister, pour ainsi dire, à l'autopsie d'un miracle et de surprendre en quelque sorte le mécanisme d'une opération surnaturelle ? Et ces paroles du psalmiste ne montent-elles pas de votre cœur à vos lèvres : « C'est bien là l'œuvre du Seigneur, nos yeux la trouvent admirable : *A Domino factum est istud et est mirabile in oculis nostris.* »

Messieurs, prenons acte encore d'un autre témoignage.

En 1906, sur l'initiative du docteur Vincent, de Lyon, et à l'occasion d'attaques violentes dont les pèlerinages de Lourdes étaient l'objet, 346 médecins ont signé la déclaration suivante :

« Les soussignés se font... un devoir de reconnaître que des guérisons inespérées se produisent en grand nombre à Lourdes, par une action particulière dont la science ignore encore le secret formulaire et *qu'elle ne peut rationnellement expliquer par les seules forces de la nature.* »

Ainsi près *de trois cents cinquante* docteurs ont affirmé leur croyance aux miracles de Lourdes ; et ils l'ont affirmée hautement, car ils ont voulu que leurs noms fussent publiés au bas de cet acte de foi catégorique. Je remarque dans cette liste nouvelle 42 internes ou anciens internes, 14 chefs de clinique ou de laboratoire, 42 médecins et chirurgiens des hôpitaux, 12 professeurs des Facultés et 3 membres de l'Académie de médecine. N'est-ce point là un témoignage incomparable ?

3° LE BUREAU DES CONSTATATIONS. — Nous avons enfin le Bureau des constatations où les guéris subissent un contrôle rigoureux et impartial. Les juges, en effet, n'y proclament le miracle qu'à la suite d'une enquête approfondie, après s'être entourés de toutes les preuves et de toutes les garanties nécessaires. Alors même que l'explosion de joie et de gratitude des miraculés, l'enthousiasme spontané et unanime des assistants attestent d'une façon éclatante la réalité des guérisons, ils n'en font pas moins leurs réserves, persuadés qu'en si grave matière l'évidence absolue est indispensable au prestige de la consécration qu'ils leur accordent.

Ces juges d'un nouveau genre soulèvent parfois l'indignation des miraculés, parce que, au lieu de se mettre à l'unisson de leur allégresse, ils les harcellent de questions tatillonnes, de réflexions déconcertantes. — « Mais enfin ! criait une femme, puisque je vous dis que je suis guérie ! Je le sais bien, moi ! Et ça m'est égal qu'on le croie ou qu'on le nie. Vous n'êtes pas si forts que la Sainte Vierge ! »

Quel enquêteur incorruptible, quel juge d'instruction retors et chamailleur que le docteur Boissarie, président du Bureau ! Il faut le voir aux prises avec les guérisons. Parfois, les médecins eux-mêmes protestent contre ses résistances et jugent qu'il arrache, d'une main vraiment trop rude, certains jolis fleurons épanouis à la couronne de la Vierge.

Un jour, ne s'est-il pas attiré ce mot d'une brave femme dont la fille, récemment guérie, subissait un terrible interrogatoire de l'éminent praticien : « Voyez-vous, Madame, disait la mère à sa voisine, voyez-vous cet homme qui tracasse ma fille ? Eh bien ! c'est le plus méchant de tous ces messieurs... *Il ne veut pas croire aux miracles !* »

Aussi pouvons-nous être sûrs que tout miracle sorti de ses mains portera l'éclatant témoignage de la vérité scientifique et bravera les morsures du temps.

Il n'exagérait donc pas, ce Canadien français, le docteur Brunemme, professeur de chirurgie à l'Université de Laval, de Montréal, quand il disait, après douze jours passés à Lourdes : « Je dois reconnaître que le Bureau des constatations fonctionne dans la perfection et qu'il est impossible de donner de plus sérieuses garanties au point de vue scientifique. »

3. **La Libre-Pensée.**— Enfin les incrédules, les rationalistes, les libres-penseurs déposent, eux aussi, à leur manière, en faveur du miracle ; et

avec une force, avec une éloquence admirables.

Nous ne regardons certes pas comme nôtre M. Marcel Mangin ; mais c'est un esprit loyal ; et il conclut ainsi une de ses études sur les guérisons qu'a exposées M. l'abbé Bertrin :

N'est-ce pas miraculeux ? Si, certainement. Aussi suis-je tout prêt à tomber à genoux, pénétré d'admiration, et à répéter, avec le Christ, que la foi peut transporter des montagnes. (Cité par la *Croix*, 11 août 1909).

Cependant je dois ajouter que de pareils aveux sont plutôt rares dans la bouche ou sous la plume de nos incrédules. Ils croient aux tables qui tournent, aux esprits frappeurs, aux maisons hantées, à tous les phénomènes de télépathie, de spiritisme et d'occultisme. Ils croient aux somnambules, aux tireuses de cartes, aux faiseurs d'horoscopes, aux liseuses de mains. Tant il est vrai que vous n'avez personne au monde d'aussi crédule que l'incrédule !... M. de Rochas nous montre sur un cliché un petit tourbillon nuageux, et nous dit que c'est l'âme qu'il a photographiée, et qu'il appelle le corps astral : les incrédules le croient. Il nous présente un médium, qui nous raconte les différentes vies qu'il prétend avoir vécues déjà, et décrit les différentes époques qu'il prétend avoir traversées : et les incrédules n'osent pas sourire. Mais ils ne veulent pas admettre qu'il y a des guérisons qui dépassent toutes les énergies de la nature et que la science humaine est incapable d'expliquer.

Ici, leur attitude prend différentes formes. Passons-les en revue ; et vous jugerez bien vite que chacune d'elles rend au miracles de Lourdes un magnifique témoignage.

1° L'IGNORANCE. — C'est maintes fois le libre-penseur qui défend au médecin d'étudier les faits de Lourdes, bien qu'ils offrent au point de vue médical, un intérêt tout particulier, unique peut-être. Ne leur contez pas les prodiges de la Grotte ; ils se fermeront les oreilles pour ne rien entendre. Ne leur présentez pas une guérison ; ils détourneront les yeux pour ne pas la voir. Surtout ne les sollicitez pas de se rendre à Lourdes : ils iront à Vittel ou à Cauterets, afin d'analyser une source pour leurs malades ; mais ils ne voudront jamais se documenter à Lourdes même.

On ne saurait nier qu'il se produit là des guérisons déconcertantes ; ils devraient donc y prendre intérêt, faire sur place des enquêtes, interroger eux-mêmes les malades. N'y comptez pas. Ces messieurs ne veulent rien voir, ni rien entendre, ils ne veulent rien savoir. Mais ils n'en restent pas moins les adversaires déterminés des miracles de Lourdes.

Malheureusement, ils sont nombreux ceux qui se prononcent ainsi avec hardiesse et sans avoir jamais pris la peine de se renseigner sérieusement sur les manifestations merveilleuses dont la Grotte de Lourdes est le théâtre. C'est la méthode de l'ignorance préméditée, et qui veut cependant se donner l'air de savoir. Si les hommes qui la pratiquent se risquaient à l'appliquer aux observations de la science ou aux événements de l'histoire, pour quelle sorte d'esprits passeraient-ils aux yeux de ceux qui pensent ?

2° LA FUITE. — Il arrive aussi que le surnaturel de Lourdes se dresse fièrement devant les libres-penseurs et les met au défi de se mesurer avec lui dans l'arène, sous les yeux du peuple et devant l'opinion. Que font alors tous les intrépides pourfendeurs du miracle ? Ils ergotent un moment pour la galerie ; et sentant bientôt que le terrain manque sous leurs pieds, ils n'ont rien de plus pressé que de prendre la fuite.

Un vaillant catholique, M. Artus, dans une lettre publiée le 26 juillet 1871 par l'*Univers*, portait à la libre-pensée un défi d'une haute portée philosophique et religieuse, et qui eut un immense retentissement. Il pariait une somme de 10.000 francs, que tous les miracles racontés par Henri Lasserre, dans l'*Histoire de Notre-Dame de Lourdes*, étaient vrais.

Ce défi, M. Artus le renouvela en 1872. Il annonça même qu'il déposait les 10.000 francs chez Mᵉ Turquet, notaire à Paris, rue de Hanovre, 6. Malgré l'énorme publicité donnée à sa lettre, aucun libre-penseur ne se présenta.

En 1873, le docteur Diday, de Lyon, avant écrit contre les miracles de Lourdes, et le docteur Voisin, médecin de la Salpétrière, les ayant attaqués dans un cours public, M. Artus leur offrit publiquement de parier 10.000 francs et même 100.000 francs, que ce qu'ils avaient dit était faux, absolument faux ; et il acceptait, comme juges d'honneur, trois médecins dont les noms seraient tirés au hasard. Le double défi ne fut point relevé.

Messieurs, vous avez tous saisi la portée apologétique de cet épisode.

Mais voici que naguère, au cours d'une controverse soutenue par M. l'abbé Ebrard contre M. Chide, professeur de philosophie au lycée de Gap et agrégé de l'Université, le prêtre rappelant le défi de M. Artus, engagea son adversaire à gagner la forte somme. Seulement, M. Artus était mort, ses héritiers avaient pris les 10.000 fr. qui se trouvaient en souffrance chez le notaire, le défi n'existait plus. Vous devinez si M. Chide tira parti de la méprise et en fit des gorges chaudes. Il demandait, avant de discuter, à voir les 10.000 francs, plus 5.000 francs pour remboursement des frais. Il écrivait dans les *Alpes Républicaines :* « Veuillez me dire où sont les 15.000 francs... On est prié d'éclairer, avant quoi que ce soit... Il me faut 15.000 fr. sinon je ne marche pas. » Le journal renchérissait encore : « On a promis 15.000 francs ; qu'on les mette d'abord sur la table, puis qu'on dise les conditions. Nous verrons quelle attitude vont prendre les calotins, pour une fois qu'on relève leur imprudent défi de tartufes. »

C'est alors que, pour mettre fin à une comédie où nous finissions presque par ne plus avoir le beau rôle, M. l'abbé Duplessy, premier vicaire de Saint-François-de-Sales, à Paris, et directeur de la *Réponse*, se présente. « Je n'ai que 5.000 francs, dit-il. Je les engage, je les mets sur la table. Acceptez-vous mon pari ? » M. Chide accepte... se réservant d'amuser la galerie avec des discussions byzantines qui ne tournèrent point à son honneur, puis d'opérer soudain un changement de front qui ressemblait à un aveu d'impuissance.

Rappelez-vous que, l'année dernière, ce terrible personnage, invité par M. l'abbé Bertrin à s'expliquer à Lourdes même dans une conférence publique et contradictoire, sur les prodiges de la Grotte, s'esquiva d'une piètre façon. Et pourtant l'occasion était belle pour lui d'étaler son savoir, de confondre le charlatanisme des prêtres et la sotte naïveté des fidèles, de réduire à néant tous nos prétendus miracles.

Me permettriez-vous un souvenir personnel ?

En 1911 et 1912, comme je prêchais le mois de Marie, à Limoges, dans l'église Saint-Michel-des-Lions, du haut de la chaire je promis 10.000 francs, me fallût-il les quêter sou par sou, au libre-penseur ou socialiste, qui, devant six médceins désignés par le sort, établirait la fausseté d'un seul des miracles, racontés par M. Boissarie. La *Gazette du Centre* sema la bonne nouvelle dans toute la ville et dans tout le département. Aussi je m'attendais à voir, panache au vent, toute une légion d'incrédules se ruer ensemble vers le plaisir de gagner 10.000 francs et vers la gloire de réparer enfin tous les affronts que les supercheries de Lourdes infligent depuis si longtemps à l'intelligence humaine. Eh bien ! vous ne le croirez peut-être pas, ils ont tous fait la sourde oreille. Pas un ne s'est présenté. Pas un !

Nous avons mieux encore.

M. Antoine Vourch, un des meilleurs élèves de l'école de santé navale, à Bordeaux, avait choisi, comme sujet de thèse pour son doctorat, les miracles de Lourdes. Il rêvait de poser officiellement la question dans le monde savant et d'amener son triomphe par une inattaquable et victorieuse démonstration. Des hommes de haute compétence, des valeurs médicales, d'impartiales autorités lui donnaient l'assurance d'un magnifique succès. La thèse marquerait une date importante. Il y avait une belle crânerie à vouloir ainsi démontrer, par des faits rigoureusement scientifiques, le caractère surnaturel des guérisons de Lourdes, et à renverser, au nom même de la raison humaine, les vieux préjugés, les négations *à priori*, tout le rempart de mauvaise foi édifié par l'athéisme entre le savoir humain et le pouvoir de Dieu.

Mais la Libre-Pensée veillait. Elle a barré le chemin à la belle thèse de M. Vourch et lui a fermé le sanctuaire de la science humaine. Ici rendons hommage au procédé : pour se défaire d'un rival qui gêne et que l'on ne peut vaincre, on le supprime.

Sous ce titre : *La Foi qui guérit*, la thèse est devenue un volume de science robuste, qui a obtenu en **France** et à l'étranger, surtout en **Allemagne**, pays de la chicane par excellence, une vogue extraordinaire. C'est l'œuvre médicale la moins discutée. M. Arnauzan, le célèbre professeur de Bordeaux, affirme qu'elle ne prête pas le flanc à la moindre attaque. Et un professeur-médecin de Munich disait, à Lourdes : « C'est ce livre qui m'a amené ici ; et j'en repars avec la certitude que la science médicale la plus éclairée est incapable, à tout jamais, d'expliquer les phénomènes que j'ai observés. »

Même histoire à Lyon, sauf pourtant quelques différences. M. Maurice Talmeyr nous l'a contée tout au long dans le *Gaulois* du mardi 30 septembre 1913.

Ici, la thèse sur les guérisons de Lourdes est reçue. Pouvait-on la refuser ? Outre qu'elle est rigoureusement médicale et que son auteur, Mme Bon, a soin de se cantonner toujours sur le terrain exclusif de la science pure, n'avait-on pas admis déjà la soutenance d'une thèse traitant des mêmes matières, mais conçue dans un esprit d'antireligion déclarée ? Nous savons d'ailleurs que tous les *vu* et tous les *permis d'imprimer* n'engagent point la Faculté : elle n'entend donner aux ouvrages « ni approbation ni improbation. »

Mme Bon était donc tranquille. Hélas ! sa confiance ne dura pas longtemps.

D'abord, écrit M. Talmeyr, contrairement à tout ce qu'on aurait pu attendre, les professeurs à qui elle offrait la présidence de sa thèse s'excusaient tous de ne pas pouvoir l'accepter. Très étonnée, Mme Bon s'adressait alors au professeur qui avait présidé la thèse contre Lourdes, et celui-là, se piquant d'impartialité, acceptait fort galamment. On lui donnait même, comme assesseurs, deux collègues dont les idées personnelles s'annonçaient pour la jeune femme comme une garantie d'équité et de protection, et tout paraissait aller désormais pour le mieux quand, au dernier moment, le Recteur adjoignait aux trois jurés d'usage un juré supplémentaire tout particulièrement connu pour son anticléricalisme militant... Bref, le jour de la soutenance venu, ce juré de la dernière heure médusait littéralement les trois autres, et Mme Bon, stupéfaite, se voyait refusée, par une injusticiable dérogation à toutes les coutumes de la Faculté.

Que contenait donc, ou d'antiscientifique, ou d'extra-scientifique, la thèse de la doctoresse Bon ? Car elle est maintenant doctoresse, ayant quand même conquis son grade ! Comment pouvait bien s'expliquer la mesure extraordinaire dont elle se trouvait frappée ?... Que prétextait-on, pour déclarer brusquement inacceptable, après avoir commencé par l'accepter et le viser, un travail aussi irréprochablement scientifique ? Le juré de la dernière heure, l'anticlérical militant dépêché *in extremis* aux autres jurés pour les brider et les endoctriner, alléguait cette raison tout simplement stupéfiante, à savoir que *la thèse présentait un côté sentimental, non exprimé dans le travail, mais ressortant de l'ensemble de la lecture...* Textuel !

L'affaire fit beaucoup de bruit à la Faculté. Les étudiants et les professeurs les moins catholiques étaient indignés, et les garçons de salle eux-mêmes, après le scandale de la séance, manifestaient leur émotion...

Cette fois, on n'avait pas fui la discussion : on l'avait tout simplement étranglée.

Messieurs, que vous semble la conduite de ces médecins, de ces vieux routiers de la science libre-penseuse, qui se moquent à tout propos des miracles de Lourdes, qui se défilent, comme autant de lièvres devant un fusil de chasseur, quand sur le chemin se rencontre un chrétien, un prêtre, qui ose les regarder en face et leur répondre avec fermeté ? N'agissent-ils pas, comme s'ils avaient peur de la lumière ? Est-ce l'attitude qui convient à une science sûre d'elle-même ? Et le Surnaturel n'a-t-il pas le droit de tourner à son profit, comme autant de preuves tacites, ces fuites, pleines de frayeur et de lâcheté ?

3° LE MUTISME. — D'autres médecins, que les prodiges de Lourdes saisissent en quelque sorte au collet et ne veulent plus lâcher, restent là, devant eux, muets comme des carpes. Ne dirait-on pas qu'ils ont perdu soudain l'intelligence et la parole ?

Au mois d'août 1904, M. l'abbé Bertrin demandait au docteur Bérillon : « La suggestion peut-elle, à votre avis, fermer instantanément une plaie de trente centimètres, comme il s'en est fermé une ici ? — Ah ! non, pas cela ! — Mais alors, comment expliquez-vous cela ? — Je ne l'explique pas. — Ah ! mais si, reprend l'abbé, il faut l'expliquer. Vous vous trouvez en présence d'un fait extraordinaire. Au nom de la science, vous devez chercher l'explication, ou reconnaître, du moins, que la science ne peut la fournir. »

Je ne l'explique pas !... c'est-à-dire, je ne pense rien et je ne dis rien. Parole vraiment homérique. Où donc est maintenant l'orgueil de cette science, qui prétendait illuminer toutes les ténèbres, éclairer tous les mystères ? Comme il se convertit à cet endroit en une profonde humilité ! Pourrait-on mieux confesser son impuissance radicale ? Car ce grave silence, cette majestueuse abstention, où s'enferment parfois, avec une dignité comique, nos disciples d'Esculape, ne font pas autre chose.

4º LA NÉGATION. — Vous rencontrez aussi des médecins qui, amenés en face d'un prodige, nient simplement le fait ou prétendent que la chose n'a pas dû se passer comme on la raconte.

« Que vous a-t-on fait pour vous guérir ? » demandait l'un d'eux à James Tambridge. « Rien, Monsieur le Docteur, répondit ce dernier. C'est la Sainte Vierge qui m'a guéri. — Ce n'est pas possible ; il n'y a pas de miracles ; ce sont des sottises. Avouez donc qu'on vous a donné quelque remède. — Non, je ne prenais plus aucun remède depuis longtemps ; et vous le savez bien, Monsieur le Docteur. Je vous répète que je dois ma guérison à la Sainte Vierge. — Allez vous promener avec votre Sainte Vierge ; ce n'est pas possible ; vous êtes un imposteur. »

Au moins en voilà un que la politesse des formes ne gênait pas beaucoup et qui, pour réduire à néant le miracle, ne se mettait guère en frais d'imagination.

Il existe une autre catégorie de docteurs, dont Notre-Dame de Lourdes n'a pas, non plus, à se louer. Sans doute le Surnaturel ne se heurte point en eux à un parti-pris aussi aveugle. Mais ils entendent ménager la chèvre et le chou ; et le Surnaturel n'étant pas à la mode, ils évitent de se prononcer, ou, s'ils le font, c'est toujours de manière à ne pas se compromettre. Ainsi leurs attestations seront toujours assez vagues, pour que le malade ne puisse pas en user, si Notre-Dame lui rend la santé ; et vous n'obtiendrez jamais d'eux qu'ils vous délivrent un certificat de guérison.

« Après le pèlerinage de l'an dernier, écrivait, en 1906, M. l'abbé Bertrin, j'allai voir un des médecins qui avaient soigné la Petite-Sœur Franciscaine garde-malade, guérie d'un ulcère rond de l'estomac, et je lui dis : « Docteur, vous avez admirablement décrit la maladie de votre cliente. Savez-vous qu'elle est guérie ? — C'est impossible ! — Mais si ! Elle a été guérie radicalement à Lourdes. — A Lourdes ? Alors, j'ai dû me tromper. »

5° LE MENSONGE. — Les ennemis du miracle ne reculent devant rien : tout leur est bon, même le mensonge. Ne criait-on pas, un jour, à tous les vents du ciel qu'il n'y a vraiment pas de source dans la Grotte et que l'on fait boire aux pèlerins de l'eau du Gave, amenée là par une canalisation savante ? Vous avez pu lire, dans les journaux et même dans un livre, qu'un ingénieur hydrographe, bon catholique, d'ailleurs, mais qui avait eu la douleur de voir sa femme mourir dans une des piscines, sous l'aiguillon du désespoir avait découvert la supercherie et l'avait révélée à la presse.

Cette fable contient à peu près autant de mensonges que de mots : ce qui ne l'a point empêchée de faire le tour de l'Europe et du monde. Mais lorsque son auteur, dans une lettre rendue publique, fut sommé par le P. Pointis, supérieur des missionnaires de Lourdes, de venir prouver son accusation au grand soleil, à tel jour et à telle heure que lui-même choisirait, il se garda bien de répondre.

Vous parlerai-je du faux malade de Nancy que deux employés de la gare portaient sur un brancard avec des précautions infinies ? C'était en 1908. Tout à coup on se met à leur crier : « Attention ! Voilà le rapide ! » Un train arrivait à toute vapeur. Alors on voit soudain, à la grande admiration de tous, le paralytique se dresser sur son séant, sauter à terre et fuir à toutes jambes. — Il y a cinq ans, cette mauvaise plaisanterie fit, pendant huit jours, le tour de la presse anticléricale. Nos libres-penseurs l'avaient empruntée à un livre que M. Le

Dantec avait publié en 1901 et où elle figurait à titre de simple fantaisie.

Que pensez-vous, Messieurs, d'une cause qui en est réduite à se défendre avec de pareilles armes ? N'est-elle pas une cause à jamais perdue ?

« Comment avez-vous été guérie ? demandait un médecin à Marie Briffaud. Qui vous a guérie ? — Qui m'a guérie ? La Sainte Vierge. » Le docteur se mit à sourire avec un air de dédain, puis à s'emporter. Enfin il s'adoucit, raconte Marie Briffaud, et « m'offrit de l'argent, si je voulais avouer que c'était par suggestion que j'avais été guérie. » Elle repoussa ce honteux marché.

Voulez-vous encore quelques échantillons de l'insigne mauvaise foi que montrent certains ennemis du Surnaturel ? Certes ils ne manquent pas.

Un jour, une jeune fille arrive à Lourdes avec un certificat médical, déclarant qu'elle est *poitrinaire*. Après le premier bain de piscine, elle se sent guérie. Vous devinez sa joie. De retour, elle demande à son docteur un certificat, attestant sa parfaite guérison. Le docteur le lui donne et n'hésite point à l'y déclarer parfaitement guérie, mais guérie d'un *rhume.*

Nous avons déjà rencontré sur notre chemin le docteur Bérillon. En voilà un qui me paraît avoir la mémoire singulièrement courte. Après avoir assisté au pèlerinage national de 1904, il confiait ainsi ses impressions à un journaliste parisien·

Songez que sur quatre mille pèlerins qui vont à Lourdes, tous les ans, il n'y a guère que quatre ou cinq guérisons. C'est peu ! Nous autres, médecins, nous faisons mieux. — On voit qu'il ne parle plus à des médecins, ni à des témoins : car, seulement durant les trois jours du pèlerinage national, le Bureau des constatations avait enregistré une trentaine de guérisons sérieuses.

Nous faisons mieux ! — Ah ! vraiment !... Mais c'est un tout autre aveu qu'il faisait à M. l'abbé Bertrin. Pressé de questions par l'éminent professeur de l'Institut catholique de Paris, il ne pouvait citer comme lui étant personnelle que la guérison, par suggestion, d'un cas de constipation.

La mise en scène est admirable. On tente sur les malades une cure d'émotion. Et cela doit être d'un effet très puissant. — Mais, à Lourdes, devant plus de vingt témoins, l'honorable professeur avait reconnu que les directeurs de pèlerinages ne cherchaient point à suggestionner les malades, que même ils paraissaient ignorer entièrement cet art.

M. Bérillon avançait encore cette audacieuse affirmation : « *Les prêtres n'emmènent à Lourdes que des sujets très préparés, qu'ils ont pu étudier à l'avance* ». — Or M. l'abbé Bertrin lui avait déjà fait cette réponse : « Docteur, vous allez voir comment les prêtres choisissent les malades. Quand le pèlerinage national a quitté Paris, il manquait neuf malades parmi ceux

qu'on avait admis. Ces neuf malades
étaient morts. Et M. Bérillon avait ré-
pliqué : « Tant pis ! Vous avez tort de
ne pas choisir vos sujets. Vous auriez
plus de guérisons. »

En vérité, comment appeler de pareils oublis de mémoire ? En toute
langue, cela n'a qu'un nom ; et cela
s'appelle un amas de mensonges. La
science n'aurait-elle plus rien de com-
mun avec le culte de la vérité ? Son
pavillon suffirait-il maintenant à légi-
timer toutes les impostures ?

Mais il faut bien reconnaître que,
pour l'audace et l'effronterie des falsi-
fications, nul n'arrive à la mesure de
Zola. Vous savez qu'en 1892, à l'époque des grands pèlerinages, ce porno-
nographe, ce pourceau de plume,
comme on l'a si bien nommé, se rendit à Lourdes avec le ferme dessein de
tout voir, de tout entendre, et d'en
rapporter un livre où il ferait « de la
vérité, et encore de la vérité. » Rete-
nons ces derniers mots : il les pronon-
ça, le soir même où les libres-penseurs de Lourdes lui offrirent un
punch d'honneur. Vous allez voir,
Messieurs, que jamais promesse ne
fut plus cyniquement violée.

Zola comptait que le pèlerinage lui
offrirait des types nombreux de né-
vropathes, guéris par une secousse
heureuse de l'âme. Or il n'en trouva
point. Mais, pour répondre aux exi-
gences de sa thèse matérialiste, il en
forgea un de toute pièce, dans la personne de Mlle de Guersaint. Le roman
roule, en effet, tout entier sur ce per-

sonnage. Et comme cette héroïne reparaît sans cesse, les lecteurs sont amenés à croire que c'est elle et ses pareilles que l'on rencontre ordinairement parmi les miraculés.

Clémentine Trouvé, guérie en 1891, s'appelle dans ce livre Sophie Couteau. L'écrivain l'a vue et entendue, au Bureau des constatations. « Mais c'est du miracle que vous me montrez là ! » s'écrie-t-il. Plus tard, dans la trame de son récit, il glissera, au mépris de toute vérité, de toute vraisemblance même, que cette enfant de quinze ans à peine a peut-être, à son insu, *déformé lentement la vérité*, que d'ailleurs on ne sait pas bien si la guérison a eu lieu instantanément, si elle n'a pas mis du temps à se produire.

Le romancier ne se contente pas d'inventer ou de défigurer, il supprime aussi. En voulez-vous un exemple ? Le 30 août 1892, à dix heures du matin, Madame Gordet entrait dans la piscine et en sortait instantanément guérie. C'est là l'un des plus beaux miracles dont les *Annales de Lourdes* fassent mention. Le soir même, Zola la voyait, l'interrogeait, et demeurait confondu par la sagesse, par la fermeté de ses réponses. Pourquoi n'en dit-il rien ? Est-ce là vraiment faire preuve de sincérité ? Est-ce là faire œuvre de vérité ?

Il a vu de ses yeux Marie Lemarchand, qui devient dans son livre Elise Rouquet ; il l'a vue radicalement guérie d'un affreux lupus qui lui ron-

geait toute la figure. C'était le diman-
che, 21 août, vers quatre heures de l'a-
près-midi. A peine avait-elle touché
l'eau des piscines, qu'elle se levait
d'un bond et arrachait ses linges : tout
mal avait disparu. L'écrivain ne con-
teste pas la guérison : mais, par une
longue suite d'entorses infligées à la
vérité, il l'attribue à des lotions d'eau
froide, il la montre se produisant
d'une manière lente et progressive,
enfin il range ce lupus parmi les
plaies d'origine nerveuse et que la
suggestion peut guérir. Que de mensonges en peu de mots !

Le 20 août 1892, Marie Lebranchu,
phtisique au troisième degré, arrivait
à Lourdes et se présentait aux piscines, le jour même. A la vue de ce
squelette, les dames baigneuses hési-
tent un moment. La pauvre malade
insiste. Elle n'était pas dans l'eau gla-
cée depuis trois minutes, que la santé
lui revenait tout entière. Zola nous la
peint dans son livre sous le nom de la
Grivotte. Mais comment explique-t-il
le fait ? Oh ! d'une façon bien simple.
Il invoque les forces de la nature, forces mal étudiées encore ; il invoque
les ressources de la suggestion ; il invoque le « souffle guérisseur qui se
dégage de la foule ; » puis il nous
montre cette Marie Lebranchu, reprise par son mal dans le train qui la
ramenait, et enfin il l'envoie mourir à
l'hôpital.

Se trouvant, un jour, à Paris, le
président du Bureau des constatations
se présenta chez le romancier et lui

dit : « Comment osez-vous faire mourir Marie Lebranchu, quand vous savez qu'elle se porte aussi bien que vous et moi ? » A quoi l'audacieux écrivain répondit : « Eh ! qu'est-ce que cela peut bien me faire ? Mes personnages m'appartiennent, ils sont à moi ; j'ai le droit de les traiter comme je le veux, de les faire vivre ou de les faire mourir, selon qu'il me plaît. Je n'ai à me préoccuper que de ma fantaisie et de l'intérêt de mon œuvre ! »

Fort bien. Mais, lorsqu'on veut avoir cette liberté, on n'affecte pas la prétention d'écrire des romans *historiques*. On ne dit pas, on ne fait pas répéter par la presse qu'on va exposer *la vérité, toute la vérité, cette vérité qui sera profitable à tout le monde.* Et si, après de telles promesses, on présente, comme frappée d'une rechute mortelle, une personnne guérie, dont l'état s'est, au contraire, maintenu excellent, on commet un faux témoignage, on fait œuvre de mensonge. Et quand cette imposture est jugée nécessaire à la thèse que l'on soutient, c'est que la thèse paraît régulièrement indéfendable.

Messieurs, n'avez-vous pas ici mêmes sentiments que moi ? J'en appelle à votre loyauté. On a beau être l'adversaire d'une cause : il y a des manœuvres que l'on ne peut employer contre elle. Y recourir, c'est tout simplement étaler à tous les yeux son irrémédiable faiblesse.

L'infâme conduite du romancier ne m'étonne certes pas. Comment n'aurait-il pas senti devant l'Immaculée un transport de haine et de rage, lui, que l'on a si bien nommé le pontife de l'ordure ? Prenez son œuvre... ou plutôt, non, ne la prenez pas, elle vous salirait trop l'esprit, le cœur et les mains ; elle laisserait peut-être au fond de votre âme des souillures que toutes les eaux de la mer ne sauraient effacer. Contentez-vous de savoir qu'il se vautre dans les immondices et les putréfactions, avec l'extase qui prenait les poètes d'autrefois, quand ils respiraient dans l'infini. Et comme d'autres disent : « Toujours plus haut ! » lui, il eut pour devise : « Toujours plus bas ! » Vous comprenez, dès lors, qu'en face de la Vierge Immaculée, ce monstre ne pouvait avoir à la bouche que l'insulte et l'outrage.

6° La Violence. — Enfin ce n'est un mystère pour personne que nos libres-penseurs ont juré, depuis longtemps, de supprimer les pèlerinages et de fermer Lourdes. Ecoutez plutôt la *Lanterne* :

Lourdes ne devrait pas exister en tant que lieu de pèlerinage et centre de guérisons miraculeuses. Sa disparition s'impose aux yeux de tous les libres-penseurs et des républicains que nul dogme n'influence plus. Le vrai « miracle », c'est que la cité prétendue miraculeuse persiste à servir de moyen de sujétion sociale à la clique ultramontaine. (Cité par l'*Univers*, 25 août 1911).

Ainsi parlent, tous les ans, à la même époque, les feuilles anticléricales.

Mais il convient de préparer l'opinion ; et l'on résolut, un jour, d'ouvrir une campagne de presse. Pour la mener, les sectaires eurent vite fait leur choix. Il tomba sur M. Jean de Bonnefon, un journaliste qui déverse, chaque matin, sur toutes nos croyances un jet de bave à peine additionné d'encre.

Faut-il fermer Lourdes ? Telle est la question que l'écrivain posa dans un livre. Vous devinez la réponse. Il réclamait la fermeture des sanctuaires de Lourdes et l'interdiction des pèlerinages, d'abord au nom de la moralité publique : Lourdes n'est qu'une honteuse exploitation de la crédulité humaine ; — puis, au nom de l'hygiène publique : ces malades charriés à travers la France sont un perpétuel danger de contagion ; — enfin, au nom de l'ordre public : Lourdes est un foyer de réaction politique.

Sans doute les âmes simples seraient affligées de la fermeture de ce « mauvais lieu », où elles croient entrevoir un coin du ciel descendu sur la terre. Mais il est des circonstances où le chirurgien ne doit pas reculer devant les opérations les plus douloureuses.

L'opinion ne mordit pas. Alors M. de Bonnefon eut recours au procédé classique de l'enquête ; et, sans la moindre frayeur du ridicule, il adressa aux médecins, en mai 1906, une circulaire confidentielle. Il ne s'agissait plus ici d'imposture, ni de politique ; c'est au nom de la science, de l'hygiène, de la salubrité, de la santé publique, que la campagne se poursuivait.

Quel fut le résultat? Il ne tourna point à l'avantage de nos sectaires. C'est à peine si, pour les publier, M. de Bonnefon recueillit quelques certificats de complaisance, dont les signatures, inconnues à l'Académie de médecine ou même dans les grandes cliniques, figurent plutôt sur les feuilles d'émargement au budget. Mais il est une foule de réponses qu'il se garda bien de livrer au public. Leurs auteurs n'usèrent pas de la même discrétion. Je les ai lues ; et je déclare que, si M. de Bonnefon cherchait de bonne foi à s'éclairer, les lumières ne lui ont pas manqué. De pareils témoignages ont sans doute apaisé son zèle et calmé l'admirable souci qu'il prend de la santé publique et de l'humanité souffrante.

Mais vous pensez bien que la haine ne désarme pas. Elle veille dans l'ombre ; et la campagne, un jour, sera reprise. Vous saurez du moins ce qu'il en faut penser ; et vous apprendrez à mieux aimer une cause que l'on ne peut combattre qu'avec l'hypocrisie et le mensonge.

Tout à l'heure, quand j'affirmais que la Libre-Pensée dépose en faveur des miracles de Lourdes avec autant de force que la Science et la Philosophie, peut-être mon langage vous étonnait. Maintenant votre surprise dure-t-elle encore ? L'impuissance de nos mécréants à convertir en faits d'ordre purement humain les prodiges de Lourdes, la sournoise perfidie de leurs attaques, la déloyauté de leur

conduite, leur infernale ambition de
tout saccager et de tout détruire, ne
témoignent-elles pas hautement qu'ils
sont eux-mêmes les premiers à n'avoir
aucune confiance dans la solidité de
leur cause, dans la vérité de leur doctrine ? N'enseignent-elles pas que les
merveilleux événements de Lourdes
sont l'œuvre d'une puissance supérieure, l'œuvre de Dieu même ? « *A Domino factum est istud et est mirabile
in oculis nostris*. »

Dans l'histoire de ces prodiges qui
naissent en foule, à chaque été, comme des fleurs du ciel, sous le souffle
des cantiques et les doux regards de
l'Immaculée, Mgr d'Hulst, l'un des esprits les plus ouverts, les plus fins et
les plus fiers du dix-neuvième siècle,
aimait à saluer « *l'évidence du surnaturel*. » A son exemple, sachons reconnaître le miracle et nous incliner
devant lui.

IV. — LA CONCLUSION

N'avez-vous point déjà pressenti à
quelle conclusion nous mène logiquement cette conférence ?

Vous n'ignorez pas que le miracle
est le témoignage rendu par Dieu lui-
même à la vérité d'une doctrine, à la

sainteté d'une œuvre. Supposez, en effet, un homme qui se proclame envoyé du ciel pour faire une révélation à la terre. Par où me prouvera-t-il sa mission divine ? Par des actes qui sont à la portée de tout le monde ? Mais je peux les accomplir aussi bien que lui. Par sa parole ? Mais elle peut être d'un imposteur ou d'un halluciné. Il ne lui reste plus qu'une ressource : produire des œuvres qui dépassent toutes les forces humaines. Si, par exemple, à sa voix, les sourds entendent, les aveugles voient, les muets parlent, les paralytiques se lèvent et marchent, oh ! alors, oui, il m'apparaît de toute évidence que cet homme a reçu une délégation spéciale d'en haut, qu'il est un ambassadeur de Dieu, que l'Etre infini lui a communiqué son pouvoir, et par suite qu'il annonce la vérité : car Dieu ne sanctionnera jamais, par une intervention aussi directe de sa toute-puissance, l'affirmation d'un menteur ou d'un fou. Vérité et sainteté, il ne consentira jamais à signer une œuvre de mensonge ou d'erreur, ni une œuvre de corruption.

Ici, trêve de profondes dissertations, d'abstraits raisonnements ou de subtilités métaphysiques : rien que des faits matériels et palpables. C'est précisément pour cela que Lourdes est en butte aux plus violentes attaques de l'impiété contemporaine.

Louis Veuillot écrivait, un jour :

« Le traité de l'*Existence de Dieu* est un beau livre. Mais ce n'est qu'un livre, un syllogisme. Les philosophes, les incrédules, les déistes, tous les ennemis du christianisme s'en accommodent, parce qu'ils auront toujours la ressource de faire contre ce livre cent volumes, contre cet argument cent arguments ; et la philosophie de Condillac n'y a pas manqué.

« Se débarrasser des Bollandistes est moins facile. Prouvant l'existence de Dieu par les merveilles qu'ont opérées les Saints, ils accablent l'incrédulité d'une masse de faits, de témoignages, de monuments, de siècles qui ne laissent aux *gens d'esprit* que la ressource de pirouetter devant eux, en les insultant d'un petit rire ridicule.

« C'est ce qui fait que *les fables des Bollandistes*, jusqu'à ce que l'on ait prouvé que ce sont des fables, valent mieux pour la religion que le livre charmant de l'archevêque de Cambrai, comme la pierre dont on fait des remparts vaut mieux que le diamant qui brille au front des souverains.

Après cela, suivant une remarque de M. de Maistre, les bouffons sont libres de battre l'air. »

Les paroles de Louis Veuillot ne conviennent-elles pas au pèlerinage de Lourdes, dont l'histoire se compose toute de miracles et porte ainsi à chacune de ses pages la signature même de Dieu ? O incrédules, vous demandez sans cesse au catholicisme d'établir devant vous la vérité de ses dogmes et la sainteté de sa morale ; mais, depuis plus de cinquante ans, Lourdes ne fait pas autre chose. Là, par des prodiges renouvelés des temps évangéliques, le doigt de Dieu écrit, depuis plus de cinquante ans, une apologie de notre religion, la plus vivante, la plus merveilleuse, la plus actuelle, la plus populaire, que les âges chrétiens aient jamais connue. Et je fais mienne cette forte parole de M. de Montéty :

« Quand on est venu à Lourdes et qu'on a vu ce que nous y voyons, il n'y a plus de mérite à croire. »

Se rencontre-t-il parmi vous, Messieurs, des âmes qui ne partagent pas notre foi ? J'espère, du moins, qu'à la suite de ce discours, elles reconnaîtront l'importance du fait de Lourdes ; et que, l'ayant reconnue, elles en chercheront l'explication, mais sans aucun parti pris, avec le sincère désir de trouver la vérité, dussent-elles, après cette heureuse découverte, brûler ce qu'elles avaient toujours adoré et adorer ce qu'elles avaient toujours brûlé.

Appelez-vous une surabondance de lumière ? Prenez alors l'*Histoire critique des événements de Lourdes,* ce livre incomparable de M. l'abbé Bertrin, d'où j'ai tiré, souvent mot à mot, presque toute ma conférence. Vous n'arriverez point au bout sans croire au miracle, sans admettre le surnaturel chrétien, sans avoir récité à deux genoux notre *Credo*, ce *Credo* sublime qui, là-bas, chaque soir des grands jours, jaillit vers Dieu de toutes les poitrines.

En 1892, un rédacteur du *Temps* demandait à M. Zola : « Si vous étiez témoin d'un miracle, arrivé et constaté dans les conditions particulièrement sévères que vous désirez, l'accepteriez-vous, vous inclineriez-vous devant la Foi ? » Après être resté pensif quelques instants, M. Zola répondit : « Je n'en sais rien, *je ne le crois pas.* »

Messieurs, vous ne suivrez pas cet exemple, vous ne violerez pas ainsi les droits augustes de la vérité, vous ne fuirez pas devant la grâce divine qui vous cherche et vous appelle. Vous imiterez plutôt le docteur Lesage, médecin à Paris. Averti par télégramme, cette année même, que Mlle Paquignon, longtemps soignée par lui, venait d'être entièrement guérie au passage du Saint-Sacrement, il accourait de suite à Lourdes, et, après avoir constaté le miracle, sans dire un mot, stupéfait, les yeux pleins de larmes, il allait à la Grotte se prosterner et prier.

Vous ferez comme lui, et vous retrouverez aussitôt dans le regard, dans le sourire, dans le cœur de la Vierge Immaculée, avec la religion de nos pères, avec les joies de votre première communion, la science, le courage et l'honneur de la vie.

Nihil obstat.

Lemovicis, XIIIᵉ *septembris* 1913.

F. LABROUSSE,

Canonicus Ecclesiœ Cathédralis rector,

Librorum censor.

Imprimatur,

G. LARTISIEN.

❧ ❧ ❧

173

www.ingramcontent.com/pod-product-compliance
Lightning Source LLC
Chambersburg PA
CBHW070818260626
47161CB00006B/2328